9/16

Título original: *Dentro deste livro moram dois crocodilos*
Traducción: María Nazareth Ferreira Alves
Edición: Cristina Alemany

© 2010 del texto Claudia Souza
© 2010 de las ilustraciones Ionit Zilberman
© Callis Editora, 1ª edición 2011

Argentina: San Martín 969 10° (C1004AAS), Buenos Aires
Tel./Fax: (54-11) 5352-9444 y rotativas
e-mail: editorial@vreditoras.com

México: Av. Tamaulipas 145, Colonia Hipódromo Condesa
CP 06170 • Delegación Cuauhtémoc, México D. F.
Tel./Fax: (5255) 5220-6620/6621 • 01800-543-4995
e-mail: editoras@vergarariba.com.mx

ISBN 978-987-612-639-7

Impreso en China • Printed in China

Julio de 2014

Souza, Claudia
   Dentro de este libro viven dos cocodrilos / Claudia Souza ; ilustrado
por Ionit Zilberman. - 1a ed. 1a reimp. - Ciudad Autónoma de Buenos
Aires : V&R, 2014.
   36 p. : il. ; 25x21 cm.

   Traducido por: María Nazareth Ferreira Alves
   ISBN 978-987-612-639-7

   1. Literatura Infantil Brasilera. I. Zilberman, Ionit , ilus. II. Ferreira
Alves, María Nazareth, trad. III. Título
   CDD B869.928 2

A los niños que me enseñan
a no tener miedo al miedo.
Claudia Souza

Para mi amiga Alessandra,
con quien camino desde
muy temprano, de la mano.
Ionit Zilberman

Claudia Souza

Dentro de este libro viven dos cocodrilos

Ilustraciones de Ionit Zilberman

V&R
EDITORAS

DENTRO DE ESTE LIBRO VIVEN DOS COCODRILOS GRANDOTES.

SON HORRIBLES, TIENEN BOCAS ESPANTOSAS, CON TANTOS DIENTES QUE SERÍA IMPOSIBLE CONTARLOS.

A MÍ ME DAN MUCHO MIEDO LOS COCODRILOS.

CREO QUE LOS COCODRILOS SON LOS ANIMALES MÁS HORRENDOS QUE EXISTEN.

Y SIEMPRE QUE VEO UN COCODRILO, EN LA TELEVISIÓN, EN EL PERIÓDICO O EN EL ZOOLÓGICO, TENGO PESADILLAS EN LA NOCHE.

HASTA LOS DIBUJOS DE COCODRILOS ME ASUSTAN.

MUCHA GENTE TIENE MIEDO
A LOS TIBURONES, A LOS DRAGONES
DE KOMODO, A LAS SERPIENTES,
HASTA A LOS DINOSAURIOS,
QUE NO EXISTEN MÁS.

HAY GENTE QUE TIENE MIEDO A LOS PAYASOS,
AL ESTRUENDO DE UN GLOBO, A LA OSCURIDAD,
A VIAJAR EN AVIÓN O ANDAR EN BICICLETA.

YO NO LE TENGO
MIEDO A NADA
DE ESO.

HAY GENTE QUE TIENE MIEDO A ESTAR SOLO,
A LOS FANTASMAS, A LOS REGAÑOS
DE LA MAESTRA, A VOMITAR, A LAS ALTURAS,
A LOS LUGARES CERRADOS.

Yo no le tengo miedo a nada de eso.
Pero tengo un **MIEDO TREMENDO**
a los cocodrilos.

POR ESO NO ABRO ESTE LIBRO, PUES AQUÍ DENTRO VIVEN DOS COCODRILOS **GRANDOTES.**

SON HORRIBLES, TIENEN LA PIEL ESCAMOSA, PATAS CON GARRAS AFILADAS Y OJOS AMENAZADORES.

Mi mamá me dijo que no debo preocuparme. Que dentro de un tiempo este miedo se me va a pasar y me voy a dar cuenta de que no lo necesito más.

DIJO QUE, UN DÍA, NOS DAMOS CUENTA
DE QUE LO QUE NOS DABA MIEDO NO ERA
TAN ATERRADOR COMO PENSÁBAMOS.

Que somos más grandes y más fuertes que los miedos que sentimos.

¿Será así?

Claudia Souza es investigadora
y psicóloga infantil en Italia. Apasionada
por la escritura, publicó diversos artículos
sobre Educación y Cultura Infantil, pero
fue solo de adulta que juntó el coraje
para escribir cuentos infantiles.

Ionit Zilberman nació en Tel Aviv

y vive en San Pablo desde hace muchos

años. Estudió artes plásticas y trabaja

ilustrando revistas y libros infantiles.

Tiene más de veinte libros publicados.

En este trabajo, el dibujo quiere escapar

del papel y tornarse objeto, ensayando

los primeros pasos en dirección

a la animación.